El fabricante
de sueños

Torcuato Luca de Tena

ediciones SM Joaquín Turina 39   28044 Madrid

Colección dirigida por **Marinella Terzi**

Primera edición: marzo 1996
Segunda edición: octubre 1996
Tercera edición: junio 1997
Cuarta edición: mayo 1998
Quinta edición: abril 1999

Ilustraciones: *Chata Lucini*

© Torcuato Luca de Tena, 1996
© Ediciones SM, 1996
   Joaquín Turina, 39 - 28044 Madrid

Comercializa: CESMA, SA - Aguacate, 43 - 28044 Madrid

ISBN: 84-348-4787-6
Depósito legal: M-12136-1999
Fotocomposición: Grafilia, SL
Impreso en España / *Printed in Spain*
Imprenta SM - Joaquín Turina, 39 - 28044 Madrid

1 *La maravillosa carta en la que Mariví la soñadora cuenta a su amiga Lupe cómo descubrió un taller en el que se fabrican y venden sueños*

¡Lupe, Lupita, mi querida Lupe! Estoy tan nerviosa que no sé si podré contarte todo lo que me ha pasado desde que nos dieron las vacaciones en el colegio. Es demasiado emocionante. Estoy hecha un lío. Pero a alguien le tengo que contar las maravillas que me han ocurrido. Y he pensado que nadie sabrá entenderlas mejor que tú. Por eso te escribo.

El día de mi cumpleaños, a la hora del desayuno, mis padres estuvieron muy misteriosos. Se miraban a hurtadillas, me miraban, hablaban a medias palabras, y la verdad, yo me moría de curiosidad.

Me dijeron que iba a alegrarme de haber venido a pasar las vacaciones a la montaña y no a la playa como yo quería. Añadieron que íbamos a hacer una excursión en coche de caballos por unos sitios preciosísimos y, aunque la idea me gustaba, no comprendía a cuento de qué tanto misterio para una cosa tan corriente.

Salimos muy temprano. Los tres nos sentamos en el pescante y papá conducía las caballerías haciendo de cochero. En los asientos de atrás iba la cesta para la comida, botellas de vino para los mayores y refrescos para mí. No quiero decirte lo bonito que era todo para llegar pronto a lo más importante. Sólo te diré que vimos muchas ardillas; y un gamo, que es como un ciervo pero más pequeño, y sus cuernos no son como ramas de árboles en invierno, sino como paletas de frontón. Y dos lobos. Bueno, eso al menos me querían hacer creer. Pero yo digo que eran perros porque parecían perros y no lobos, y porque no atacaron al coche, ni a los caballos, ni se quisieron llevar la cesta de la comida, ni hicieron nada malo. La carretera que cruzaba el bosque no era una autopista, ¿sabes?, sino un camino de tierra lleno de hojas secas. Tan espesas eran las frondas que no se veía el cielo, pero el sol se filtraba entre las ramas.

Al cabo de dos horas, mi padre dijo:

—Ya llegamos al calvero.

—¿Qué quiere decir «calvero»? —le pregunté.

—Un calvero en el bosque —respondió mi

padre— es como una plaza en la ciudad, sólo que, en lugar de estar rodeada de casas, está rodeada de árboles.

—¡Ahí es! —dijo de pronto mi madre. Y señaló una enorme cabaña de madera que había a un lado de la explanada. Era muy limpia y tenía un tejado más grande que la casa. Y era en punta para que, en invierno, resbale la nieve. Nos esperaba en la puerta un viejo muy reviejo, con una barba blanca muy reblanca y que se parecía muchísimo al abuelo de Heidi, ese de la televisión. Habló el viejo muy en secreto con papá, pero no tanto como para que no le oyésemos decir que ya tenía hecho el encargo, porque el viejo era sordo, y los sordos hablan altísimo, y como son sordos, ellos no se oyen y creen que los demás tampoco.

¿Qué encargo será ese que ya tiene preparado?, me pregunté. Y también te lo pregunto a ti, Lupe querida. Cierra los ojos y piensa en la cosa más rara del mundo. ¡A ver si lo adivinas! Bueno, es una tontería lo que te pido porque nunca, nunca, lo podrías adivinar. Y, además, ardo en ganas de contártelo: ¡el encargo que mi padre había hecho a ese viejecito eran *sueños*! ¡Siete sueños para mí! Uno por

10

cada año de mi vida. ¿Te imaginas? En lugar de ponerme siete velas en la tarta, me pusieron siete sueños en un estuche que, además, es precioso. Aquel viejecito sordo de barbas blancas era un fabricante de sueños. Y estaba medio arruinado porque, a la gente de ahora, según le oí decir, no le gusta soñar. Y por eso, ya no fabrica a granel sino sólo por encargo.

Nos enseñó cómo lo hacía. Nos hizo pasar a su taller y fabricó delante de nosotros, y como regalo, un sueño para papá y otro para mamá. No era sólo yo la que estaba nerviosísima, sino también ellos por lo extraño de aquel lugar y lo misterioso de las cosas que hacía el viejo. Tenía muchísimos tarros de porcelana como los de las farmacias antiguas con un cartelito colgado, sólo que en vez de poner «manzanilla», «agua de rosas», «hojas secas de azahar» o «aceite de hígado de bacalao», tenía otros cartelitos mucho más emocionantes que decían: «polvos de recuerdos», «semillas de fantasía», «anhelos en rama», «taruguitos de remordimientos», y cosas así.

Tomaba el viejo entre sus dedos una pizquilla de los tarros, formaba un montoncito, lo mezclaba con otros y echaba encima unas gotitas de distintos aceites que se llamaban: «sorpresa», «sustos», «risas», «música», y muchas otras cosas; tantas, que sería muy largo de contar. Con todo esto formaba una masa y la metía en unos moldes igual a los que tienes tú en la cocina de tu casa para hacer galletas. Después, diez minutos de horno ¡y ya está! Salen unas pastillas como las aspirinas pero mucho más grandes. Y de colores. ¿A que no sabes lo que hay que hacer con ellas? No se tragan como las medicinas ni se chupan como las pastillas para la tos. Se ponen sobre la frente antes de dormir y quedan adheridas sin poder caerse. Después, a medida que las sueñas, se van disolviendo lentamente. Por la mañana —nos explicó el viejo— queda una manchita en la piel, pero se quita enseguida.

¿No has visto nunca esos estuches que tienen dentro como unos huecos redondos para colocar monedas antiguas? Pues el estuche que me dieron era parecido a esos que te digo. Pero en vez de colocar dentro monedas de oro, lo que ponían eran las pastillas de colores: una por cada sueño. Después de visitar la fábrica, invitamos al viejo a comer con nosotros en la hierba de la explanada donde nos diera un poco el sol. No sabes qué cosas tan interesantes nos contó el fabricante de sueños mientras comíamos. Nos dijo que, a pesar de ser millones y millones los hombres, las mujeres y los niños que hay y que ha habido en el mundo, nunca, nadie, ha tenido un sueño igual a otro. Y que nosotros, por muy viejos que lleguemos a ser, nunca tendremos un sueño igual al que tuvimos otra vez. Parecidos, sí. Pero iguales, no.

También nos dijo que si se pudiera representar en una pantalla como de cine lo que sueña cada uno, se podría saber si esa persona es buena o mala. Y qué inclinaciones tiene. Y, en los niños, se podría saber si tienen talento para la música o para el dibujo, o para la medicina, o para la jardinería. Pero que todavía no se ha inventado esa pantalla, aunque él está estudiando la manera de fabricarla.

Querida Lupe: cuando te escribo esta carta, yo ya he gastado dos de las pastillas. No sabes qué sueños más maravillosos. Sólo me dejan utilizar dos cada semana porque, por lo visto, son bastante caras. Te iré contando uno a uno todos mis sueños. Ya verás, son como cuentos.

Todos fantásticos y todos distintos. Aquel día, después de comer, me eché a dormir la siesta. Pero esto te lo contaré mañana.

Ya verás qué cosa tan estupenda.

Te quiere mucho, tu amiga:

Mariví la soñadora.

2 PRIMER SUEÑO: *En un «Muestrario de padres y madres de la especie humana», Mariví escoge los padres que quiere tener... ¡y acierta!*

Soñé que me caía. Pero era imposible que me hiciese daño porque debajo de mí no había nada en que me pudiese golpear. El aire no me daba en la cara ni me alborotaba el pelo como cuando te asomas a la ventanilla del coche o del tren en marcha, porque ahí no había aire, y, además, yo no tenía cara, ni piel, ni pelo, ni nada. Yo no tenía cuerpo, pero veía, a pesar de no tener ojos; y escuchaba, a pesar de no tener oídos; y me daba muy bien cuenta de todo, aunque no tenía cabeza.

Se me acercó un águila inmensa que era toda blanca. No tenía plumas. El águila que se me acercó era de lana. Y me dijo:

—Estás completamente perdida. No es por ahí. Sígueme. Yo te guiaré.

—Dime la verdad —le supliqué—. No voy a llorar aunque me digas la verdad. Yo estoy muerta, ¿no es así?

—No. No estás muerta. Muy por el contrario: estás empezando a vivir.

—¿A vivir? ¿Cómo puedo estar viva si no tengo cuerpo?

Pero el águila no me contestó.

Al cabo de muchas horas de vuelo, empezamos a divisar una nube blanca y muy luminosa. A medida que nos acercábamos, vi que aquella mancha en el cielo estaba formada por muchos puntos distintos y todos muy blancos. El águila me dijo que aquella nube de luz se llamaba VÍA LÁCTEA y que los puntitos eran estrellas. Navegamos entre estas luces como entre las chispas de fuegos artificiales. El águila me señaló una mota pequeñísima y que era la única de color azul.

—Ésa será tu casa —me dijo.

Parecía, vista desde lejos, una gotita de agua a la deriva por el firmamento.

—Se llama El Planeta Tierra —añadió, a medida que nos acercábamos.

El Planeta Tierra se fue haciendo cada vez más grande. Era de muchos colores: pardo, verde, rojizo, pero sobre todo, azul.

El águila me explicó que lo azul se llamaba mar, y era todo de agua. Que lo pardo y lo rojizo era tierra sólida, donde no podían hundirse los cuerpos. Que lo verde eran praderas y bosques. Y que unas motitas blancas que flotaban por una y otra parte se llamaban nubes.

En una de ellas, que parecía de algodón, nos detuvimos. Ahí se me acercó un ser con anteojos, la cara llena de pecas y con muchísimos libros debajo del brazo.

—Soy el archivero y bibliotecario del cielo —me dijo—. Y me llamo Perico Sabelotodo. Como todavía no tienes nombre, te llamaré «Oye-Tú». Hojea estos libros. Después te explicaré por qué.

Las páginas estaban llenas de dibujos y de grabados de colores, cuyas figuras no estaban quietas como en las fotografías, sino que se movían como en el cine.

—Yo soy el encargado de preguntar a todos los que van a nacer a qué especie quieren pertenecer. Escoge la que más te guste.

—¿Qué quiere decir «especie»?

—Como los cuerpos de los seres vivos son tan distintos, los hemos dividido en especies. ¡Mira aquí, Oye-Tú! Esta especie es la de las mariposas. Y ésta, la de los elefantes. Y ésta, la de las libélulas. Y ésta, la de los cocodrilos. ¿Te gustaría ser cocodrilo?

Miré atentamente a aquellos bichos. Y no me gustaron nada.

—Dime, Perico Sabelotodo, ¿cómo se llaman éstos?

—Se llaman jirafas.

—¡Oh! —exclamé admirada—. Creo que me gustaría ser jirafa..., pero déjame que mire un poco más.

Mis dudas iban en aumento. Las ballenas me parecían demasiado grandes; las pulgas, demasiado chicas; las moscas, demasiado nerviosas; los caracoles, demasiado tranquilos. Mis preferencias eran los peces de colores, las gaviotas y, por supuesto, las jirafas. Definitivamente, yo quería ser jirafa. Y así se lo hice saber al bibliotecario del cielo. Mientras Perico Sabelotodo se disponía a inscribirme, hojeé con desgana algunas páginas más.

—¿Y éstos qué son?

—Hombres y mujeres —respondió.

—Son rarísimos —exclamé—. ¿No te parece?

—¡No lo sabes tú bien! —me respondió.

—¿Y esto?

—Eso es una mujer en pequeño. Es una cría humana del género femenino. Las llaman niñas.

No puedo decir que el corazón me latió

con más fuerza ni que mi respiración se agitó, ni que el pulso se me aceleró, porque yo no tenía pulso, ni corazón, ni pulmones para respirar. Pero me puse hecha un flan. ¡Qué difícil era escoger! O niña, o jirafa; esa era la cuestión.

—Échalo a suertes, Perico. Yo no sé qué escoger. Las jirafas son mucho más elegantes, y son tan altas que deben ver muchas más cosas que las niñas. Pero ésta tiene en la cara una cosa que me gusta mucho. ¿Por qué tiene los labios colocados de ese modo?

—Es que —respondió el celeste bibliotecario— está sonriendo.

—¿Qué quiere decir eso?

—Que expresa, por medio de la sonrisa, que está contenta.

—Y la jirafa, ¿no está contenta?

—Sí, también lo está.

—Y ¿por qué no sonríe?

—No sabe. Los únicos que saben sonreír son los miembros de la especie humana.

—¿Y las niñas son miembros de la especie humana?

—Ya te he dicho que sí. Son como mujeres, pero en más pequeño.

—¡Entonces quiero ser niña!

—De acuerdo, serás niña. Ahora sólo te falta escoger a tus padres.

Me extendió un libro gordísimo que se llamaba *Muestrario de padres y madres de la especie humana*.

—Estúdialos bien. Si no te gusta ninguno, aún estás a tiempo de ser jirafa.

En el libro, agrupados por parejas, había padres y madres de todos los colores y de todos los tamaños. La elección era delicadísima. Si me equivocaba, a lo mejor, yo nunca podría sonreír. Y al pensar esto me vino la gran idea. A mí no me importaba que mis padres fuesen negros, blancos, cobrizos, amarillos o colorados. Lo que me importaba era que fuesen alegres. Y ahí los había ceñudos, tristes, coléricos, graves, y, algunos, muy pocos, con una gran sonrisa que les daba luz a la cara. Escogí a los más sonrientes. Y apenas hube dicho «¡éstos son los padres que quiero!», se me aparecieron de cuerpo entero, pero no en un solo plano como estaban en el libro, sino con todo su volumen. Y me miraban sonriendo llenos de amor y de ternura y con una chispita de burla en su modo de mirar.

—¿Qué te ha parecido nuestro regalo? —me preguntaron.

Tardé algún tiempo en comprender que estábamos en el bosque, al lado del viejo señor fabricante de sueños. Empecé a recordar que después de comer me había echado a dormir la siesta. Y que para comprobar si me gustaba el regalo que me hicieron, me habían aplicado en la frente la primera pastilla. Lo comprobé al advertir que en mi estuche ya sólo quedaban seis. Pero lo importante era saber que mi sueño se había hecho realidad.

¡Yo tenía *exac-ta-men-te* los mismos padres que había escogido!

3 SEGUNDO SUEÑO: *Los animales construyen un Arca de Noé para los hombres y las mujeres y los expulsan de la Tierra por tontos*

La lechuza fue pasando lista a todos los asistentes.

—¡El oso panda! —gritó con su voz de flauta.

—¡Aquí estoy! —dijo éste, poniéndose en pie.

—¡El canguro!

—¡Servidor!

—¡La cebra!

—¡Presente!

Y así con todos los animales de la tierra, los ríos, el aire y el mar: truchas, tigres, tiburones, mariposas...; los grandes y los chicos; los bonitos y los feos.

Habían sido convocados por el Rey de la Selva, que es el elefante y no el león, como creen los hombres, para un asunto de la mayor importancia. Se subió Su Majestad a lo alto de un monte a la orilla del mar y en el que había también ríos con salmones, lagos con truchas y charcas con ranas, lombrices y sapos. Cuando tuvo ante sí a todas las especies zoológicas, les habló con gran autoridad. Sus orejas temblaban de cólera. Su trompa era como una espada levantada.

—¡Hermanos animales! —les dijo con una voz tan potente que daba miedo—. Os he reunido a todos para que pongamos fin, de una vez para siempre, al insoportable dominio del hombre sobre la Tierra. Esos grandes tiranos están destrozando nuestro maravilloso planeta. Han desviado el curso de los ríos; han talado y quemado nuestros bosques; están llenando de basura el mar; con sus fábricas pestilentes, el aire se ha vuelto irrespirable. Y ahora amenazan la existencia misma de la vida con sus bombas infernales. ¿Os imagináis cómo sería la Tierra sin ellos?

Un gran murmullo de ilusión se extendió por doquier. No. No se lo podían imaginar. Era un sueño demasiado bonito.

—Sin el hombre... no escucharíamos más los disparos de las escopetas —dijeron las perdices, las palomas y los faisanes.

—Sin el hombre no correríamos el riesgo de caer apresados en sus redes y tragarnos sus anzuelos —gritaron las merluzas, los lenguados y los besugos.

—Sin el hombre... desaparecerían esas cárceles crueles de seres inocentes que son las jaulas —exclamó una orangutana que tenía siete hijos en el parque zoológico.

—Sin el hombre —exclamaron a una sola voz las cucarachas, los escarabajos y los mosquitos— no existiría ese terrible veneno que se llama DDT.

El elefante resumió con tono profético:

—¡Sin el hombre, la Tierra volvería a ser el paraíso!

Primero fue un rumor, que fue creciendo y creciendo como un gran viento. Después, un trueno terrible. Era la suma de los rugidos, bramidos, relinchos, bufidos, mugidos, barritos y demás voces de todas las especies gritando encolerizados cosas terribles contra los hombres, y pidiendo su exterminio.

—Calma, calma —pidió el prudente elefante—. No me interrumpáis más; esperad a que acabe mi discurso. No debemos olvidar que en un tiempo muy lejano, nuestros antecesores fueron salvados del diluvio universal por nuestro santo benefactor, que también era un hombre: el Patriarca Noé, que nos metió a todos en un arca y nos salvó la vida. En recuerdo de aquello, nosotros no castigaremos al hombre con la muerte sino con el destierro. Los meteremos en un arca gigantesca y enviaremos a todos los hombres y mujeres a otro planeta en el que no haya inocentes perdices contra las que disparar; ni ingenuos peces a los que engañar; ni pobres mosquitos y cucarachas a los que envenenar; ni especie alguna a la que encerrar en las jaulas crueles de sus campos de concentración. Los expulsaremos de la Tierra del mismo modo que Dios expulsó a sus primeros padres del Paraíso.

—¡Y que no quede ni uno solo entre nosotros! —gritó la orangutana que tenía a todos sus hijos prisioneros del hombre.

—¡Ni uno solo! —repitieron al mismo tiempo todos los pobladores del suelo, el aire y el mar.

Así empezó todo. La guerra contra los hombres fue muy larga. Duró cien años, y fue conducida con admirable e implacable precisión. El estado mayor lo constituían el búho, la zorra y el lince, que son los más listos. La primera medida fue decretar la vacunación obligatoria con pinchazo de escorpión (eficacísimo antídoto recién descubierto contra el DDT) a ratas, ratones, cucarachas y mosquitos, que formarían la vanguardia del ejército animal. Todas las especies zoológicas fueron encargadas de una misión concreta.

Las palomas mensajeras se encargarían del correo aéreo; los canguros, del terrestre; los delfines, del marítimo. Los topos formarían el cuerpo de zapadores; las nutrias, el de ingenieros. En las grandes ciudades, los servicios de información fueron encomendados a los ratones y, en los pueblos pequeños, a las cigüeñas, que desde lo alto de sus torres lo veían todo. Las moscas fueron las responsables de la guerra de nervios. El espionaje aéreo, a medida satelitaria, quedó a cargo de las águilas. Los armiños y los visones cumplieron de maravilla la delicada operación de sobornar al enemigo. Y los murciélagos pusieron a prueba la perfección de su prodigioso radar. Sólo quedaron fuera de toda obligación militar los perros, los gatos y los caballos, por recaer sobre ellos la grave sospecha de ser amigos de los humanos.

La estrategia consistió en obligar a los hombres a evacuar grandes zonas del planeta materialmente asoladas por plagas de saltamontes, nubes de mosquitos, ejércitos de hormigas y millares de ratas..., inmunes todos ellos al DDT. Aunque las víctimas de esos gloriosos cuerpos de vanguardia fueron incontables (porque las manos y los pies del hombre son armas poderosísimas), la vida para los humanos se hizo tan insoportable que fueron emigrando hasta encontrar refugio en otras zonas donde el estado mayor había prohibido la presencia de bichos incómodos. Allí no había más que amables mariposas, bellísimos pavos reales y magníficos músicos seleccionados entre jilgueros, mirlos y ruiseñores. En estas zonas privilegiadas se dejaba a los hombres vivir algún tiempo en paz hasta que, súbitamente, entraban en acción las tropas de reserva: pulgas, sarna, avispas y los peligrosos enjambres de abejas, felizmente secundados por toda serie de serpientes, sapos, babosas y reptiles especialmente seleccionados entre los más inmundos. Entre tanto, los diezmados soldados de la primera ofensiva reponían sus filas, ponían huevos a millares y se reproducían con sorprendente rapidez. Con esta táctica, los humanos, antes dispersos por todos los continentes y las islas del mar, se fueron concentrando en zonas cada vez más estrechas y superpobladas, donde el exceso de gentes hacía cada vez más incómoda la vida. Y como siempre han sido belicosos y violentos, se peleaban entre sí: organizaban revoluciones, huelgas, guerras y conflictos. Pero eran inteligentes —¿quién lo puede negar?— y comenzaron a enviar expediciones (al principio sólo de niños, ancianos y mujeres) a otros planetas para salvarlos de las guerras que ellos mismos organizaban. Pero las mujeres, que siempre fueron más prudentes y astutas que los hombres, les enviaban mensajes por radio, que decían: «Esto es maravilloso, venid todos pronto. En este planeta no hay bichos». Así comenzó la evacuación masiva de la Tierra por parte de los humanos. Durante cerca de medio siglo, las últimas ciudades que quedaban se fueron despoblando hasta que no quedó más que un inmenso campamento en torno a la estación de vuelos espaciales. Aquí, un grupo de hombres y mujeres se negaron a partir para que se conservara la tradición humana en el planeta que les vio nacer.

El rey elefante —que era nieto del que había comenzado la guerra— rechazó el consejo de sus ministros.

—No —dijo—, no quiero que el ataque contra el último reducto de los hombres lo realicen leones, tigres y leopardos. Los hombres han abusado hasta el máximo de la naturaleza. Pero no podemos olvidar que son tan grandes luchadores, como valientes. Y el ardor de la lucha les haría quedarse. Los atacantes deben ser los de siempre. Dígame, señor Ministro de la Guerra: ¿cuántas moscas tenemos?

—Ocho mil millones de trillones, Serenísimo Señor —respondió el Ministro.

—¿Y cuántas serpientes?

—Seiscientos millones.

—¿Y ratas?

—Son incontables, señor. Desde que se descubrió el antídoto contra los raticidas, se han reproducido de tal modo que yo mismo empiezo a alarmarme.

—¿Y mosquitos?

—Su número es tan grande, Majestad, que las cifras para escribirlo ocuparían toda la línea del ecuador alrededor de la Tierra.

—Pues bien, señores —dijo el elefante alzando su trompa—. Organicemos un ataque en regla de todos esos cuerpos de ejército. Les aseguro que no necesitaremos emplear a guerreros tan notables como los leones para una batalla tan fácil de ganar...

El último episodio de esta larga guerra duró sólo cinco días, al cabo de los cuales la última nave espacial —la última Arca de Noé— se llevó a los terrícolas de la especie humana que aún quedaban en la Tierra a estropear otros planetas del mismo modo que habían estropeado su propio y primer paraíso. A no ser que aprendieran la lección.

A bordo de la última nave espacial iba una niña con un gran estuche de sueños bajo el brazo. Ya sólo le quedaban cinco.

Me acosté llorando porque me habían dicho que se había muerto Pascual, el marinero. ¡Pobre Pascual! Él fue quien me enseñó a pescar al arrastre, con la barca en marcha y los hilos en el agua, con una plumita al final y un anzuelo escondido. Los peces grandes, que son tontos, se creían que la plumita era un pez pequeño y, cuando se lo iban a comer —¡zas!—, quedaban atrapados. Se lo tenían merecido por querer comerse a los más chicos. También Pascual me enseñó a colocar unas cestas en el fondo del mar al atardecer, y a sacarlas al alba del día siguiente con una langosta dentro. Y a poner redes. Y a empatillar anzuelos. Y hasta a fabricar carnada con arenques podridos, queso viejo y harina. Era un chico ya mayor. Por lo menos tenía doce años. Y era muy guapo. ¡Pobre Pascual!

En la casa que teníamos alquilada junto al mar, eran todos unos grandísimos perezosos.

«¡Pascual, Pascual —le habíamos dicho la víspera—, ven a buscarnos mañana para pescar contigo!». Pero cuando llegaba la hora, nadie se levantaba. Yo era la única que saltaba de la cama en cuanto oía acercarse el motor de su barca. Y, a grandes zancadas, y a medio vestirme, bajaba la cuesta del jardín gritándole: «¡Pascual, Pascualillo, espérame!».

Me acosté llorando, te digo, pensando en él y en las historias tan divertidas que me contaba mientras navegábamos juntos. Todas eran mentira, pero él las contaba como si fuesen verdad. «Aquel día —me decía muy serio—, eché el sedal al fondo con unos plomos para que llegase hasta las rocas y pescar un mero. Sentí un peso grandísimo y comencé a jalar el hilo con las manos. ¡Cuál no sería mi sorpresa al ver que lo que sacaba no era un pez sino un cuervo marino que estaba buceando para pescar, como yo! Al llegar a la superficie, el pajarraco echó a volar y, como yo no soltaba el hilo, entré en el puerto manejando el timón con una mano y con la otra sosteniendo el sedal. Parecía mismamente un niño que jugaba con una cometa».

Yo me moría de la risa escuchando esos embustes tan gordos.

—Pues eso no es nada al lado de lo que me ocurrió el otro día cuando al recoger las redes me encontré dentro una sirena. ¡Ah, qué pena me dio! ¡Creí que se me moría a bordo! Pero conseguí reanimarla con una copa de brandy y la devolví al mar.

—¿A las sirenas les gusta el brandy?

—¡Ya lo creo; les gusta muchísimo!

—¿Y por qué creías que se iba a morir?

—Por el esfuerzo tan grande que hizo por escaparse de la red. Estaba completamente agotada. La devolví al mar y desde entonces nos hicimos muy amigos. Ella es la que me ha enseñado los mejores sitios para pescar. La he invitado mil veces a subir a bordo, pero no quiere. Le da miedo. «¡Si no subes, me tiraré al agua y te alcanzaré!», le digo. Pero ella se ríe, se ríe, y me provoca gritándome: «Atrévete, atrévete...!».

Me dormí pensando en Pascual. Mas antes de quedarme del todo traspuesta, lo imaginé con aquella fantástica cometa en la mano y, arriba, en el aire, no un cuervo marino —que es un animal muy feo— sino una gaviota blanquísima. Me imaginé que ella podía más que él y se lo llevaba por los aires volando hasta el cielo. Por eso se encontraron la barca abandonada con toda la pesca dentro y el cuerpo del pobre Pascual nunca apareció.

Me desperté creyendo haber oído el motor de su barca.

Me asomé al balcón que da sobre el mar y no había barca ninguna junto a las rocas; que se la distingue muy bien aun en las noches más oscuras por lo blanquísima que es. Me acordé de una canción que él tarareaba algunas veces:

Yo no digo que mi barca
sea la mejor del puerto.
Pero sí digo que tiene
los mejores movimientos.

¡Pobre barca de Pascual que ya no tiene quien la pilote! En esto pensaba cuando tuve la sensación de que había gente abajo, en las rocas: gente que hablaba en un susurro, cuchicheando...

Me deslicé de la cama y, sin calzarme siquiera, me fui hacia las rocas. A medida que me acercaba comprendí que no me había equivocado. No era el murmullo del mar. No era el leve silbido de la brisa lo que oía. Eran voces: voces que hablaban muy bajito. Vi unas sombras. ¿Quiénes serían? Parecían niñas, niñas de mi edad. ¿Mas qué hacían ahí a esas horas? Me acerqué más y más, agachada, andando casi a gatas. Eran siete y, todas menos una, tenían las melenas sueltas sobre los hombros. Se escapó la luna que estaba prisionera de una nube y el corazón me dio un brinco. No podía creer lo que veía en la claridad de la noche. Eran siete sirenas, siete sirenas-niñas las que dialogaban en las rocas. Y hablaban de Pascual.

—Nunca diremos dónde le tenemos escondido —dijo una de piel blanquísima que se llamaba Nácar.

—Nunca lo diremos —respondieron las otras seis a coro.

—Nos juraremos respetar el secreto de nuestra hermana —añadió una pelirroja llamada Estrella de Mar.

La más rubia de las hermanas, llamada Arena de Playa, habló así:

—Cuando Pascual se tiró al agua para perseguirme, yo comencé a jugar con él y buceé, buceé, hasta el fondo, para ver hasta dónde era capaz de llegar. Pero enseguida comprendí que se ahogaba, y a toda velocidad lo llevé a

44

la gruta que sabéis, porque, aunque la entrada está debajo de la superficie, dentro hay aire.

—Hiciste muy bien —aplaudió la única sirena con el pelo recogido y rizado, todo blanco, que se llamaba Espuma.

—Mi mayor problema —continuó diciendo Arena de Playa— es darle de comer. Le he llevado pescados, pero no le gustan crudos; y mariscos, pero no los quiere comer sin limón. Los hombres, para alimentarse bien, necesitan frutas de los árboles y verduras del campo y carne. Pero ¿cómo proporcionárselo? ¿Qué se te ocurre a ti, Caracola?

La aludida, que tenía una voz profunda, como un instrumento musical, movió la cabeza preocupada.

—En el mar somos tan ágiles como los delfines, pero en tierra somos tan torpes como las focas. No somos capaces de buscar esas cosas por nosotras mismas. ¿Qué opinas tú, Ondina?

La así llamada tenía la melena azul y cara de lista.

—Necesitamos un cómplice —respondió—: un cómplice de la tierra; un ser humano que compre esas cosas y nos las traiga aquí para que nosotras las transportemos a la gruta donde nuestra hermana tiene escondido a Pascual.

Una que se llamaba Perla y que brillaba a la luz de la luna como si fuese la cuenta de un collar, sugirió:

—Podríamos pedírselo a esa niña que salía a pescar tantas veces con él. Parece que eran muy amigos.

¡Nunca lo hubiese dicho! La llamada Arena de Playa se enfadó mucho y empezó a gritar:

—¡Yo no quiero que esa niña sepa dónde está la gruta donde tenemos escondido al pescador! ¡Pascual es mío y no de ella! Prefiero que crea que se lo llevó volando por los aires, colgado de una cometa, un cormorán.

—¡Silencio! —exclamó Nácar, la de la piel tan blanca como luz de luna—. Me ha parecido oír un ruido.

Perla, Ondina, Arena de Playa, Caracola, Espuma y Estrella de Mar voltearon la cara y el cuerpo hacia mí. Escudriñaban en la oscuridad; movían las aletas de la nariz olfateando el aire.

—Veo una sombra —murmuró Caracola con su voz de eco—. ¡Ahí! —añadió señalándome.

46

—Será la tonta de Gravilla, nuestra prima, que siempre quiere enterarse de nuestros secretos. ¿Eres tú, Gravilla?

Guardé silencio, pero no para que no me descubriesen (que ya me habían descubierto), sino porque no podía hablar del susto que tenía. Y las piernas me temblaban de miedo. Algunas de ellas también se asustaron y comenzaron a retroceder moviéndose torpemente hacia el mar. ¡Todo el mundo teme a los humanos!

—No soy Gravilla —le dije, cuando el aire me volvió al cuerpo—. Soy una niña de la tierra firme.

Ondina y Caracola, que eran las más miedosas, se tiraron al agua apenas me oyeron hablar. Pero las otras se quedaron.

—Acércate —ordenó Nácar—. Ponte ahí a la luz de la luna.

Obedecí. Me observaron con gran curiosidad. Lo que más admiración les causaba eran mis pies.

—Mirad, mirad —se decían unas a otras—. Tiene dos pies. Y, en cada uno de ellos, dedos.

—La he reconocido por la voz —dijo Arena de Playa—. Es la niña tonta que estaba enamorada del pescador.

—Eso no es verdad —contesté llorando—. Yo sólo le quería mucho y me da mucha pena saber que no le volveré a ver más.

—Soy más guapa que tú —añadió la sirena rubia con descaro.

—¡Oh, sí! —contesté—. ¡Tú eres bellísima! Si queréis que os traiga una cesta de frutas, la bajo ahora mismo de casa. Yo no quiero que Pascual se muera de hambre.

Dudaron. No sé quién fue la que dijo: «Nos da miedo que nos engañes, y que avises a alguien y venga con una red. Todos los hombres quieren cazarnos vivas, pero jamás una sirena se dejará pescar».

—¡Oh, no! —exclamé—. Yo sólo quiero ayudar a Pascual.

—Pues deja la cesta aquí, en ese hueco de la roca, junto a la orilla. Nosotras ya no estaremos, pero la recogeremos cuando te hayas ido.

—Ahora mismo voy a por la cesta.

Iba a marcharme, pero añadí sin poder contener las lágrimas:

—Como no volveré a veros, te suplico, Arena de Playa, le digas a Pascual que me alegro mucho de que haya realizado su sueño...

—¿Qué sueño?

—Vivir entre sirenas. Pero no le cuentes, cuando le veas, que al pedirte lo que te pido se me han escapado estas lágrimas. ¡Prométeme que eso nunca se lo dirás!

5 CUARTO SUEÑO: *Una bruja guapa llamada Celinda invita a Mariví la soñadora a jugar al fútbol con el sol*

Yo dormía un sueño tranquilo y muy profundo, cuando comenzó a desvelarme la sensación de que alguien me estaba mirando.

—No tengas miedo... —me dijo una voz en un susurro.

Encendí una luz. Y la reconocí. Era una amiga de mi madre que se llamaba Celinda y que llegó la mañana anterior para pasar una semana con nosotros en la casita de campo que tenemos en la sierra. Cuando la vi por primera vez, pensé que era la mujer más bonita del mundo... a pesar de tener el pelo completamente blanco, siendo tan joven, y los ojos cubiertos con gafas oscuras.

Nos hicimos muy amigas y la acompañé toda la mañana a dar un paseo a pie por el bosque hasta llegar al río. Allí le pregunté que por qué llevaba gafas oscuras si no había sol. Ella, en vez de responderme, se quitó los lentes y entonces vi algo maravilloso. ¡Tenía los ojos colorados, como dos caramelos de fresa, como dos cerezas, como si estuviesen pintados con barniz de uñas! Volvió a colocarse los negros cristales y me confesó que no le gustaba que todo el mundo se diese cuenta de que tenía los ojos colorados. Estuve todo el día dando vueltas en la cabeza a esas palabras. ¿Qué habría querido decir? A nadie nos molesta que los demás sepan que tenemos los ojos negros, azules, verdes o pardos. ¿Por qué no quería ella que los demás supiesen que los tenía rojos como dos foquitos de colores de esos que se ponen en diciembre para adornar el árbol de Navidad? ¿O es que ese color, precisamente ése, tenía algún significado secreto?

Ahora, Celinda, sentada al lado de mi cama, y sin anteojos, parecía dispuesta a hacerme confidencias.

—Como veo que eres muy curiosa y que tienes mucha imaginación, sólo a ti te diré lo que significa el color de mis ojos. Yo no soy una mujer como las demás.

—¡Claro que no! —le respondí—. Tú eres mucho más bonita.

—No he querido decir eso. Quiero decir que yo... no soy como las demás porque... porque soy una bruja. Por eso tengo los ojos colorados.

Quedé pasmada al oírla.

—No entiendo.

—Soy bruja. Tengo poderes mágicos. Sé hacer maravillas. Desde niña entiendo el lenguaje de los pájaros, puedo volar con ellos y pasarme días enteros explorando, sin ahogarme, los fondos marinos.

—¿Y yo no puedo verte hacer todo eso?

—Y puedes hacerlo tú misma siempre que yo te acompañe. ¿Te divertiría?

—¡Naturalmente! —exclamé entusiasmada.

La bella Celinda sacó de su bolso un espejito de los que usan las señoras para untarse polvos en la nariz, lo apoyó en el suelo sobre la pared y le dijo, mientras lo rozaba suavemente:

> *Cristal de río,*
> *amigo mío...*
> *¡Crece!*
> *Amigo mío,*
> *Cristal de río,*
> *¡obedece!*

Y el espejito comenzó a ensancharse y a estirarse hasta cubrir la mitad de la pared de mi dormitorio. Celinda me tendió la mano, salté de la cama y me llevó frente al espejo.

—No te detengas. ¡Crúzalo!

—Si sigo de frente, se va a hacer añicos.

—No se romperá. Imítame... No tengas miedo.

Celinda lo cruzó como si fuese agua o vapor. Yo cerré los ojos y me lancé contra el espejo. Cuando los abrí, estaba volando de la mano de Celinda por un aire mágico entre rosa y azul. La casita de mi padre se veía bajo nosotras pequeña, pequeña como un juguete. Los ganados y los pastores parecían figuritas de barro de un nacimiento de Navidad. El río en el que estuvimos la víspera semejaba hecho con papel de plata.

—¿Dónde vamos?

—¿Qué te gustaría más? —me preguntó la bellísima bruja—. Podemos visitar el centro de la Tierra metiéndonos por el cráter de un volcán; podemos navegar por los fondos submarinos; merendar en una estrella; jugar al tenis en el Himalaya con el misterioso Hombre de las Nieves; dejarnos tragar por una enorme ballena y ahí jugar al escondite a oscuras. También te puedo transformar en una rosa, en una gaviota, en un gato, en una palmera... ¡en lo que tú quieras!

—Oye, Celinda —le dije por bromear mientras sobrevolábamos el océano Pacífico—, ¿no se te ocurre nada más original?

—Sí, claro. También podemos bañarnos en la Vía Láctea...

—Más original.

—Jugar al fútbol con el sol.

—Más original...

—Lo más original que se me ocurre sería hacer de ti una niña menos exigente. Pero para ello habría de tener los poderes mágicos de todas las brujas y las hadas juntas. ¿No te parece absolutamente fantástico, extraordinario y nunca visto todo lo que te propongo?

—Me parece muy vulgar —insistí en tono de burla—. Todo eso ya lo he hecho en sueños alguna vez.

—Está bien, pequeña. Ya me cansé de ti. Me había propuesto hacerte feliz esta noche. Ahora veo que no te lo mereces. Me voy a entretener a otros niños, menos exigentes que tú.

—No te enfades, Celinda, por favor; te prometo que estaba bromeando —le dije, por desenfadarla. Pero Celinda no se desenfadó.

Y, a pesar de lo guapa que era, puedo asegurar que es terrible ver enfadada a una bruja. Dio una palmada y dijo:

—¡Una nube, por favor!

Apareció una nube sobre nosotras y le ordenó llover. En cuanto ésta la obedeció, se colgó de uno de los hilos de la lluvia, y se descolgó por él como si fuese una cuerda, hasta que la perdí de vista.

Ni siquiera se despidió de mí. Asustada por verme tan sola y apenadísima por haber ofendido sin querer a Celinda, me eché a llorar. A estas horas podría estar visitando el centro de la Tierra, cuya puerta era el cráter de un volcán. Podría estar merendando en una estrella, jugando al fútbol en el espacio teniendo al sol como balón, podría ser nota musical bailando sobre las teclas de un piano..., y todo esto lo había perdido por querer hacerme la interesante y atreverme a tomar el pelo a una persona, digo a una bruja, que sólo quería entretenerme, divertirme y llevarme de viaje por los reinos de la fantasía. Como digo, rompí a llorar amargamente, pero debía de estar hechizada porque una de las lágrimas pegada a mi ojo comenzó a crecer de una manera desorbitada.

Se hinchaba como un globo, desbordaba el tamaño de una habitación, se hacía más grande que mi casa y muy pronto alcanzó la dimensión del Universo. Yo flotaba en la superficie de mi lágrima debatiéndome por no ahogarme. Ahora entendí lo que significaban expresiones como éstas: «Las lágrimas me ahogaban», o bien: «Me ahogué en lágrimas»; porque yo no podía sostenerme y, al cabo de unos minutos de querer nadar torpemente..., me sumergí.

Era aquel un mundo inmenso, con su firmamento propio, aunque distinto y lleno de gentes que se decían mis vasallos.

—Yo soy tu tristeza —me dijo una joven pálida.

—Yo soy tu arrepentimiento —me dijo otra.

Y así, durante horas, vinieron a verme gentes que se llamaban Desilusión, Pena, Desengaño, Nostalgia, Desesperanza, Dolor, Aflicción, Morriña, Añoranza, Atrición, Desconsuelo, Contrición, Vergüenza. Y no puedo negar que jamás vi gentes más pálidas, ojerosas y desangeladas.

—¡Dios mío! —pensé—, ¡cuántas cosas caben en una lágrima!

El pensar que estaba metida dentro de una

de ellas, en lugar de estar viajando con Celinda por el cielo de la fantasía, y que eso ya no tenía remedio, era lo que más pena me daba. Debí de decir esto en voz alta, porque se me acercó un perrito negro y sucio y me dijo: «Estás muy equivocada. ¡No has dejado ni un minuto de viajar por el cielo de la fantasía!».

Y delante de mis propias narices, el perrito negro se puso en pie sobre sus patas traseras, comenzó a crecer, se volvió blanco. Se le pusieron los ojos colorados... ¡Era Celinda!

—¡Oh, Celinda —le dije—, perdóname, no te enfades, te prometo que estaba bromeando!

—No estoy enfadada, pequeña. Yo también estaba bromeando. ¡Vamos, lágrima, sécate! —ordenó, y la inmensa lágrima, la lágrima colosal, pasó de tener el tamaño del Universo a tener el tamaño de la Tierra, después el de la Luna, después el de un globo, después el de un balón de fútbol, después el de una pelota de tenis... Al fin, el de una gotita de agua junto a mi pupila. Entonces yo misma, con el dorso de la mano, me la sequé.

Celinda rompió a reír. Y yo también.

—¿Seguimos volando?

—¡Sigamos!

¡Qué maravilla de viaje! No sólo hicimos todo lo que Celinda me había propuesto antes sino que, además, montamos a caballo sobre los delfines y dimos la vuelta al mundo cruzando todos los mares de la Tierra. Después jugamos al laberinto dentro de un hormiguero y nos perdimos las dos... y tuvo que sacarnos de allí un enano que era aún más pequeño que las hormigas más chicas. Más tarde jugamos al ajedrez utilizando como fichas a las estrellas y las cambiamos todas de lugar, y no sabíamos cómo colocarlas después en su sitio. Y todos los astrónomos del mundo creyeron que se habían vuelto locos. Después, agotada de tantos esfuerzos y tantas emociones ya no podía ni andar; de modo y manera que Celinda me tomó en brazos y me llevó a mi cama, no sin cruzar de nuevo el mágico espejo que separa el mundo de la realidad del de la fantasía.

Al día siguiente, a la hora del desayuno, me esperaba una gran sorpresa. ¡Se me había olvidado que era el día de mi santo! Y encima de mi plato había dos paquetes con regalos. Uno de mis padres: ¡libros, como siempre! Y otro de Celinda: ¡el espejo mágico!

¿Te das cuenta, Lupe querida, lo que esto significa?

¡Cuando se me acaben las pastillas que hizo para mí el fabricante de sueños, no tendré más que hacerlo crecer y tirarme de cabeza sobre él como si lo hiciese sobre el agua de una piscina!

¡De este modo, nunca, nunca dejaré de soñar!

6 QUINTO SUEÑO: *La increíble pero verdadera
historia de cuando Mariví la soñadora
perdió su sombra*

Con una buena luz detrás de mí y una pared muy blanca delante, nadie sabía hacer sombras chinescas como yo. Juntando las manos de una manera especial y moviendo los dedos de un modo preciso, mis sombras imitaban a un perro que ladraba, a una paloma volando, a un canguro pegando saltos, a un chino riendo y mil cosas más. La mayor parte de los trucos los aprendí de un libro gordísimo de juegos que tiene papá en su biblioteca. Pero llegué a hacerme tan experta que muchas otras sombras las inventé yo: un enanito andando por el bosque, un gallo con la cresta lanzando el «¡ki-ki-ri-kí!», un erizo al que de pronto se le levantaban las púas, y tantas más que sería muy largo de contar.

Tan aficionada era yo a este juego y tanto me divertía inventar sombras nuevas, que me encerraba en mi cuarto y me pasaba las horas sin hacer otra cosa que probar sombras y más sombras. Hasta que ocurrió lo que tenía que pasar. ¡Y ya no pude hacer más sombras chinescas con las manos en la pared de mi cuarto! No creas, querida Lupita, que se cayó la pared, o que me la pintaron de negro. No. No es eso. Tampoco vayas a pensar que perdí mis manos en un terrible accidente. No, y mil veces no. Lo que perdí fue... mi sombra.

Todo ocurrió de esta manera. Volvía yo del colegio. Tenía el sol de espaldas y, como ya estaba muy bajo, mi sombra muy alargada caminaba por el suelo delante de mí. De pronto me di cuenta de que se había despegado de mis pies y comenzó a separarse, andando mucho más deprisa que yo. Corrí tras ella y la pisé.

—¡Suéltame! —me dijo la sombra—, ¡estoy harta de ti!

Me quedé espantada de oírla hablar, ella, que siempre era tan silenciosa. Pero comprendiendo que quería huir de mí, sin separar los pies del suelo, arrastrándolos por el pavimento, me acerqué a una pared muy blanca, toda encalada, y me puse a gesticular para cansarla.

—¿Puedo saber qué te ocurre? —le pregunté, moviendo mucho los brazos.

Mi sombra, por primera vez en mi vida, me

desobedeció. Y, en vez de repetir los mismos movimientos que yo, se puso a burlarse de mí haciendo otros completamente distintos. Si yo levantaba un brazo, ella lo bajaba. Si yo pegaba un salto, ella se estaba quieta. Si yo me llevaba una mano a la cabeza, ella se tocaba la rodilla.

—Nadie ha abusado tanto de su sombra como tú —me dijo imitando mi misma voz—. ¿Conoces a alguien que haya hecho trabajar tanto a su sombra como tú a mí? ¡Estoy harta de tus chinitos y tus canguros y tus payasos! ¡Me niego a seguir siendo tu esclava! ¡Me voy!

—No te dejaré escapar —dije, apretando con fuerza los pies sobre el suelo.

Se rió de mí.

—No puedes estar así toda la vida. En cuanto te descuides, me escaparé.

—No lo harás.

—¡Claro que lo haré!

Me dio tanta rabia oírla que pegué una patada en el suelo. Y después otra. Una con cada pie. ¡Ah, qué tonta fui al hacer estos movimientos! Como dejé de pisarla, la sombra se me escapó y se fue calle adelante sin que pudiera alcanzarla.

—No podrás esconderte en ninguna parte

—le dije, corriendo tras ella—. ¡Ahí donde vayas te veré!

—¿Eso es lo que crees?

—¡Naturalmente! A una sombra se la ve siempre.

—¡Ja, ja, ja! —rió con sarcasmo—. Estudias tan poco que eres una gran ignorante.

Y, andando cada vez más deprisa, se metió por un parque, y se acercó a un nogal a cuya sombra tantas veces me había tumbado yo. No entendía qué quería hacer. ¿Subirse a las ramas? ¿Esconderse entre las hojas? Allí donde fuese la alcanzaría. Y me la llevaría conmigo, como siempre. Pero me equivoqué. Donde se escondió mi sombra fue en la sombra del nogal. Llegué jadeante. Mi figura, mi silueta, mi perfil, no se veía por parte alguna. Sólo se veía la silueta del árbol.

—¿Dónde estás?

—¡Búscame si quieres!

—¡Claro que quiero!

—¡Entonces, encuéntrame si puedes!

La gente desde lejos se reía de mí, no comprendiendo a qué juego me dedicaba. Yo saltaba sobre la gran mancha negra de la sombra del árbol para ver si pisaba a la mía y después, arrastrando los talones sobre el suelo, me salía de la sombra del nogal para ver si la había atrapado. Hice esto mil veces y nunca conseguí lo que pretendía. Aburrida, cansada y furiosa, me fui para mi casa. Estaba deseando que se hiciera completamente de noche para encender la luz eléctrica. Estaba segura de que, en ese momento, mi sombra aparecería.

Llegado el momento, hice lo que pensaba. Entré en el cuarto a oscuras. Me coloqué entre el foco y la pared y... ¡zas!, encendí la luz. ¡No había sombra alguna! Apagué la lámpara, la volví a encender, coloqué las manos y los dedos en la posición de la paloma que vuela, que es la más fácil... ¡y nada! La sombra no apareció. Oí la voz de mi hermano pequeño desde la puerta:

—¿Qué tonterías estás haciendo?

—Entra, Jorgito, entra. Por favor, ponte aquí delante de la luz, y mira hacia la pared... ¿Qué es lo que ves?

—Mi sombra.

—Y la mía... ¿la ves?

—La tuya no.

—Y a mí, ¿me ves?

—A ti sí.

—Entonces no me he vuelto invisible... Y si no soy invisible, ¿cómo puede ser que tu sombra se vea en la pared y la mía no?

—A lo mejor —dijo— es porque te has vuelto transparente.

Y, sin darle más importancia, se fue.

Llegada la hora de cenar, no sabía cómo decirle la verdad a mi madre. Empecé con muchos rodeos.

—Mamá. Estoy buscando una palabra y no la encuentro.

—Búscala debajo de la cama —interrumpió Jorgito—. A lo mejor se te ha caído ahí.

—No estoy hablando contigo, bobo, sino con mamá.

—Dime. ¿Qué palabra es la que buscas? —preguntó ésta.

—Cuando una persona no tiene pelo —continué— se llama calva; y si no tiene vista, ciega; y si no tiene oído, sorda. Y si no tiene sombra, ¿cómo se llama?

—Esa palabra no existe —contestó mi madre—. ¡Todo el mundo tiene sombra, todas las cosas hacen sombra!

—Todas no —corrigió Jorgito, que es un metomentodo y nunca deja hablar a nadie—. Las cosas transparentes no hacen sombra.

—Tienes razón —confesó mi madre—. Ésa es la única excepción.

—No es la única excepción. Los espíritus tampoco tienen sombra —insistió Jorgito—. Quiero decir que mi hermana se ha vuelto transparente o es un espíritu. Porque es la única persona del mundo que no tiene sombra.

Rió mi madre a grandes carcajadas al oír semejante simpleza, y más aún cuando yo le conté cómo mi sombra se había escapado de mí cuando regresé del colegio. Pero dejó de reír cuando mi hermano y yo hicimos la prueba en la pared delante de la lámpara.

«No puede ser, no puede ser...», exclamó mi madre, pidiéndonos una y otra vez que repitiésemos la prueba. «No puede ser», repitió mi padre cuando regresó a casa. «No puede ser», repitió el médico cuando me llevaron a que me estudiase. Y después dijo que conocía gentes que no tenían estómago, pero gentes que no tuviesen sombra no conocía ninguna, ni jamás había oído tal cosa de nadie en toda la historia de la medicina. Empezó a correr la voz de lo que me pasaba. Salió mi fotografía en los periódicos. Vinieron médicos desde el extranjero a verme. Y me hice la niña más famosa del mundo. En todas partes se hablaba de mí. ¡Hasta que un día me contrataron para el circo! Todas las niñas del colegio vinieron a verme. Y mis primas y primos, y mis tíos. Hasta los que vivían en provincias vinieron a ver el fenómeno.

Pusieron una gran pantalla como de cine y a pocos metros un foco muy potente. Y por en medio pasaron payasos, perros amaestrados y los voluntarios del público que quisieron hacerlo. La sombra de todos ellos salía en la pantalla, menos la mía. Me aplaudieron a rabiar porque todo el mundo pensaba que era un truco de prestidigitación. De pronto, oí una voz que me llamaba por mi nombre. Todo el mundo la oyó. Y se hizo un gran silencio cuando empezamos a dialogar.

—¿Quién eres? ¿Qué quieres de mí?

—Soy tu sombra. Perdóname por haberme escapado. Déjame volver a tu lado.

—No quiero que vuelvas. Estoy mucho mejor sin ti. ¿No ves que ahora soy famosa? Vete lejos y no vuelvas más.

Todo esto lo decía yo gesticulando mucho, sin que mi silueta se proyectase en la pantalla. Pero mi sombra insistió.

—Me da mucha pena que te exhiban en el

circo como si fueses la Mujer Barbuda, el Hombre Tonelada o el Enanito Sinforoso. ¡Allá voy!

Y, de pronto, mi silueta se proyectó en la pantalla. Creí morirme de rabia. Pero el público rompió en una clamorosa ovación. Y los periódicos publicaron que soy la mejor prestidigitadora del mundo. Y que he utilizado un truco único, desconocido incluso por los chinos, que son quienes más saben de esto.

Mi padre, que es muy aficionado a toda clase de juegos, me pide cada día que le explique cómo lo hice. Y yo le prometo que algún día se lo explicaré. He renunciado a decir la verdad: esto es, que hubo un tiempo que no tuve sombra. Porque la verdad no se la cree nadie. ¡Qué raras son las personas mayores! El único que me cree es Jorgito. Empiezo a creer que el mundo de lo prodigioso ha sido hecho sólo para nosotros, los niños.

7 SEXTO SUEÑO: *Caperucita con botas de siete leguas. El Gato que pierde un zapato de cristal. Cenicienta del Bosque y el Lobo Feroz. La Bella Durmiente y los siete enanitos. ¡Blancanieves, qué orejas tan grandes tienes!*

Soñé que yo era hija de un señor que escribía películas de dibujos para niños. Él no hacía los dibujos, sino que inventaba los cuentos, y después Walt Disney los dibujaba. También soñé que tenía un *bulldog* que se llamaba Tosca y que era de lo más raro del mundo. Bueno: debía de haber dicho *bulldoga*, porque no es perro sino perrita. Tiene tres meses y es toda blanca —lo que es rarísimo en los *bulldogs*—, menos una oreja que es negra y dos grandes manchas también negras alrededor de los ojos. ¡Parece que lleva puestas unas gafas de sol! Los lunes, Tosca es malísima. Los martes es insoportable. Los miércoles no hay quien la aguante. Los jueves se vuelve medio loca. Los viernes es un demonio. Los sábados se porta peor que nunca, y los domingos es el «enemigo público número 1». Los demás días ya no es tan mala.

—¡Tosca, déjame tranquila! ¡Tosca, no me

chupes la nariz! ¡Tosca, no me deshagas los lacitos de las trenzas! ¡Tosca, deja esos papeles!

Yo estaba en el suelo, leyendo, o mejor dicho, intentando leer, porque Tosca no me dejaba. Y lo que leía era lo que había escrito mi padre para una película que se llamaba LOS MEJORES CUENTOS DEL MUNDO.

—Papá —le había dicho yo poco antes—, ¿puedo leer la película que te van a dibujar?

Y él, después de autorizarme, me dijo:

—Cuando termines de leerla dásela a Patricia, mi secretaria, porque he hecho muchas correcciones y hay que pasarlo a limpio otra vez.

Tosca brincaba sobre mí, o apoyaba el morro sobre las cuartillas que yo tenía en mis manos como si la muy tonta supiese leer, y hacía toda clase de diabluras. De pronto, cansada de que no le hiciese caso, cogió entre los dientes mis cuartillas y echó a correr como alma que lleva el diablo. Yo también eché a correr tras ella, gritándole que dejase eso. Se metió en mi cuarto, saltó encima de mi cama, después se metió debajo, se lanzó escaleras abajo, empujó con los morros —¡y con las cuartillas!— la puerta de vaivén de la cocina..., esparciendo por todas partes, arrugadas, mordidas, mojadas de babas, las hojas de la película que había escrito papá. Llorando de rabia, las fui recogiendo como pude y desarrugándolas. Pero no todas, porque cuando me quise dar cuenta, Tosca había desaparecido. Cuando la encontré (en el mismo cuarto en que antes estuve leyendo) había cogido y desgarrado el resto, y las lanzaba al aire hechas pedacitos que caían sobre ella como copos de nieve.

Aterrada por las terribles consecuencias que aquello podría tener (¡porque la castigada sería yo, como siempre, y no Tosca!), conseguí echar a aquel demonio con cuatro patas de allí, y comencé a pegar con lápiz adhesivo las cuartillas rotas y a unir los trozos sueltos como pude... Pero, para colmo de horrores, no estaban numeradas y me resultaba imposible ponerlas en orden. Creí desmayarme del susto cuando oí la voz de Patricia, llamándome y pidiéndome que le entregase las hojas pues debía pasarlas a limpio.

—¡Qué manía tienen estos escritores de películas de no numerar las páginas! —comentó—. ¿Estas segura de que están en orden?

Contesté que sí.

Aquella tarde, en cuanto se fue la secretaria,

y antes de que mi padre regresase a casa, fui a leer lo que ella había pasado a limpio. He aquí lo que Patricia había escrito a máquina:

Caperucita Roja iba muy contenta caminando por el bosque cuando, de pronto, un lobo hambriento escondido detrás de un árbol la llamó por su nombre y le dijo: «Tú no irás al baile, Cenicienta, porque tienes que fregar, tienes que coser, tienes que lavar, tienes que barrer, tienes que limpiar, y hacer las camas, y planchar nuestros trajes, y regar la hierba, y podar las plantas». Y entonces el lobo, que ya se había comido a su abuela y que estaba disfrazado con el camisón y el gorro de dormir de la pobre anciana, contestó: «Espejito, espejito, tú que siempre me dices la verdad, contéstame a esto: ¿Quién es la mujer más bonita del mundo?». Y el espejo respondió: «Blancanieves es más linda que tú». Quedó aterrada Caperucita al oír esto y, ciñéndose la espada al cinto, montó a caballo para irse a cazar con sus vasallos y servidores. De pronto, y cuando perseguía a un jabalí herido, descubrió dormida sobre un lecho de flores a una joven de gran hermosura. Era la Bella Durmiente del Bosque, que, desde hacía cien años..., no se cansaba de bailar con el príncipe ante los ojos envidiosos de sus hermanastras. Nunca había te-

nido Su Alteza una joven tan encantadora entre sus brazos. Lo que más admiraba de ella era su agilidad para bailar sobre unos pies tan diminutos calzados con aquellos preciosos zapatitos de cristal. Acercó el príncipe su rostro al de Cenicienta y le dijo tiernamente: «¡Ay, abuela, abuela, qué orejas tan grandes tienes!». Y el ferocísimo y horrendo animal, admirado de su propia belleza, volvió a preguntar con la voz más tierna y melodiosa del mundo: «¡Espejito, espejito, ahora que ha muerto Blancanieves, ¿hay alguien más bella que yo?». Pero como la Bella Durmiente estaba hechizada, no respondió. Horrorizada estaba Caperucita de aquellos ojos, de aquellas orejas, de aquella voz y de aquellos dientes. ¿Cómo en tan poco tiempo su abuela pudo cambiar de tal manera y ponerse tan feísima? La miraba y la miraba y cada vez se convencía de que era la más linda y adorable criatura que había nunca visto. Acordóse entonces ella de que a las doce en punto los caballos de su carroza se convertirían en ratones, la carroza misma en una calabaza, y su riquísimo traje de baile en sus harapos de Cenicienta. Y tensando el arco con gran destreza, mató a un ciervo de un flechazo y le arrancó el corazón. «Te diré la verdad, Blancanieves. Tu madrastra me encargó que te matara y que *le llevara, como prueba de haberla obedecido, tu propio corazón. Pero yo le llevaré el de este cervatillo». Ella no podía responderle porque estaba profundamente dormida. El maleficio decía que no se despertaría en el bosque hasta que el hijo de un rey venido de lejanas tierras no la besara en la frente. Y aquel hijo de rey estaba allí. Ya no se acordaba del jabalí herido. Se inclinó respetuosamente hacia ella y con gran ternura suspiró: «¡Ay, abuela, abuela, qué dientes más grandes tienes...!». Y el lobo, que no había perdido el apetito tras tragarse a la buena mujer, echando espumarajos por la boca, saltó hambriento de la cama, se abalanzó hacia ella y, muy dulcemente, la besó en la frente. Ella echó a correr escaleras abajo con tal precipitación, que perdió uno de sus minúsculos zapatitos de cristal. El príncipe lo recogió y, a grandes voces, llamó a todos sus pajes y servidores. Corrieron al oír esto los siete enanitos a su cabaña y se quedaron admirados de que los suelos, antes sucios, estaban barridos; y las camas, hechas. Sólo entonces descubrieron a Blancanieves, tan dulce, tan inocente, reclinada en un rincón y agotada de poner un poco de orden en aquel paraíso del desorden. La contemplaron largamente y consideraron que era imposible encontrar un bicho tan feo y tan re-*

pugnante como ése. Dispararon sobre él y, cuando lo hubieron matado, le abrieron la barriga y sacaron de dentro a la abuela de Caperucita. Ésta miró asustada a los cazadores. «Soy un gato... —dijo, al ver que todos aplaudían—. A pesar de verme con estas botas puestas —añadió—, os prometo que soy un gato. Y solo de una zancada puedo recorrer siete leguas». Eran realmente unas botas enormes, casi más grandes que él; unas botas formidables, unas señoras botas. Introdujeron el blanco y diminuto pie de Cenicienta en aquel calzado y un largo «¡Ooohhhh!» de admiración salió de la boca de todos. ¡Era el único pie femenino que cabía dentro de él! Todos aplaudían. Piropeaban a Blancanieves, le traían regalos, se ponían enfermos sólo para que ella los cuidara. ¡Nunca tuvo tan buenos amigos como aquellos siete enanitos tan viejos y tan feos! Uno de ellos era alto, joven y apuesto. Cenicienta le reconoció y el príncipe reconoció a Cenicienta. Se arrodilló ante ella y la besó tiernamente en la mano. Ella, muy azorada y turbada, preguntó: «Oh, príncipe y señor mío. Yo no soy más que la pobre Cenicienta. ¿Por qué hacéis esto conmigo?». A lo que respondió fulminantemente: «¡Para comerte mejoooorrr!». Dio un maullido de alegría, huyó de allí, y de un salto recorrió siete leguas más.

No pude seguir leyendo tantos disparates juntos. Además, oí que mi padre llegaba de la calle. Y, muerta de miedo, me metí en la cama fingiendo que estaba dormida. Oí decir a papá: «Lleve enseguida estos papeles al productor».

«¡Dios mío —pensé—, los envía sin haberlos releído!». Tosca, metida en su cajita, dormía y hasta roncaba al pie de mi cama, indiferente a las angustias que yo estaba pasando. Pero al cabo de dos horas, se despertó y tensó las orejas al oír el timbre de la puerta.

Oímos decir a mi padre:

—¡Qué sorpresa, señor productor!

Y a éste:

—¡Déjeme que le abrace! ¡Le felicito! ¡Lo que usted ha escrito es genial!

—Como habrá visto, me he permitido hacer algunas correcciones.

—¡Esas correcciones, precisamente, son las que considero geniales! Le pagaré el doble de lo que habíamos convenido.

Encendí la luz. Tosca, sentada sobre las patas traseras, me miraba con la cara más traviesa y pícara que nunca. Yo me eché a reír. Y ella —la muy granuja— me guiñó un ojo.

—Lo que había escrito antes tu padre... —me dijo Tosca maliciosamente— ¡no me gustaba nada!

8 SÉPTIMO SUEÑO: *Historia de la pelota saltarina que lleva a Mariví a merendar con todos los personajes de sus sueños anteriores*

—¡Mariví! —me dijo la profesora con severidad—. ¡Has tirado la pelota fuera de la tapia! ¡Ve a buscarla!

—Yo no la he tirado —protesté—. Se me escapó de las manos y se fue volando, ella sola.

—¡Siempre con tus fantasías! ¡Ve a buscarla!

Tuve que dar un gran rodeo desde el patio del colegio hasta encontrar la puertecita de hierro que da al huerto que tienen las monjas junto al patio del recreo. La pelota estaba ahí, sobre un montículo de tierra. Cuando fui a agarrarla, se deslizó pendiente abajo, y como tropezó con una piedra, empezó a botar, con brincos cada vez más altos, como si tuviera vida. Yo parecía medio tonta haciendo cabriolas para querer atraparla. Me acordé del ridículo que hacía Tosca, mi perrita loca, cuando saltaba para cazar la sombra, en la pared, de una mariposa. Tomé impulso yo también, lo mejor que pude, y agarré la pelota con las dos manos. Ya iba a dar un grito de triunfo cuando me di cuenta de que no era yo quien caía al suelo con la pelota agarrada, sino que era la pelota quien me llevaba por los aires. Debajo de mí, el patio del recreo, el huerto de las monjas, el edificio del colegio, se veían cada vez más pequeños. No me convenía soltar la pelota porque me hubiese estrellado. Al revés: cada vez la agarraba con más fuerza para no caerme, mientras ella proseguía su fantástico bote muy cerca de las nubes.

Más tarde empezamos a descender vertiginosamente, y yo no sabía si nos haríamos pedazos contra el suelo, o si quedaríamos colgadas de un árbol, o si nos desplomaríamos sobre uno de los pestilentes basureros que rodean la ciudad. No fue así. Caímos por dentro de una chimenea al salón de una casa que, afortunadamente, tenía una gruesa alfombra de lana por donde rodamos, ya separadas, la pelota y yo. Cuando acabé de rodar, oí una voz que decía:

—Gracias por habérmela traído.

Quien hablaba estaba sentada en una mecedora hecha con telas de araña enlazadas, y era la mujer más extraña que yo había visto nunca. Que era extraordinariamente hermosa no tengo por qué explicarlo. Yo digo que lo era, y punto. Pero sí merece explicar por qué era extraña. Su piel era azul como un mar transparente. Sus ojos, rosados como caramelos de naranja. Y su pelo, de un verde muy pálido, como las hojas de los sauces cuando empiezan a brotar. De todo esto me di cuenta después, cuando se me acabó el mareo de tanto rodar por la alfombra. Porque al principio pensé que era la Madre Consuelo quien me daba las gracias por haberle traído la pelota. A lo que yo, ingenuamente, contesté:

—¡Ha sido más difícil de lo que usted piensa, Madre!

La extraña mujer rió al oírme y me replicó:

—No es a ti a quien doy las gracias. Es a la pelota a quien doy las gracias por haberte traído a ti.

Al oír esto, la pelota —que ya había dejado de rodar— comenzó a dar pequeños botes, y después más grandes, hasta caer en el regazo de ella. Se la veía agradecida y orgullosa de saber que había complacido a su dueña. Ésta la acariciaba como a un perrillo faldero.

—Y, como verás —añadió la bellísima señora—, no soy la Madre Consuelo. Yo soy...

Como tardó tanto en continuar, pregunté impaciente:

—¿Quién eres?

—Soy una bruja.

La miré perpleja. Entonces es cuando la contemplé de verdad.

—No pareces una bruja. Pareces un hada... —exclamé, llena de admiración hacia ella.

Al verla, recordé a Celinda y comprendí que todas las brujas jóvenes tenían los ojos colorados.

—En realidad todo es lo mismo —me contestó la bruja multicolor—. Las hadas somos las brujas jóvenes. Y las brujas son las hadas viejas.

—Pero las hadas son buenas. Y las brujas son malas —protesté.

—No es así, no es así... Los buenos y los malos existen repartidos en todas partes. Entre los negros y los blancos, entre los tigres y las palomas, entre las hadas y las brujas..., unos son buenos y otros malos. Entre las personas más buenas que conoces está el viejecito aquel que fabricó siete sueños para ti. Él es muy amigo mío y me ha pedido un favor: que te diga que quiere verte. Por eso le dije a mi paje —concluyó, acariciando la pelota— que te trajese a mi lado.

—Pero yo no sé ir desde aquí hasta su casa —me lamenté.

—No te preocupes, pequeña. Mi paje conoce todos los caminos. Él te llevará.

Tomó entre sus manos la pelota que yacía en su falda y la lanzó al suelo, donde comenzó a botar como un perrillo alegre que pega saltos.

—¡Vamos, querida mía —le dijo a la pelota saltarina—, concluye tu misión y lleva a esta niña a la casa del fabricante de sueños!

La pelota pegaba botes cada vez más altos.

—¡Agárrala, Mariví, o perderás tu última oportunidad! —me dijo.

Obedecí, al tiempo que la pelota daba un tremendo bote, y salimos las dos por la ventana con tal fuerza, que pensé que íbamos a darnos de bruces con las estrellas.

Afortunadamente, a mi conductora no se le ocurrió hacer de saltimbanqui sobre las casas, las fábricas y las autopistas. El último bote lo dio en la casa de la bruja multicolor, y con ese solo impulso llegó a la cabaña del bosque donde mis padres me habían conducido el día que cumplí años. Y al llegar sobre ella, tuvo la cortesía de no dejarse caer como una piedra, sino de descender despacito como si estuviésemos sujetas por un paracaídas.

¡Qué simpática sorpresa me llevé! El viejo fabricante me había invitado a merendar con todos los personajes de mis seis sueños anteriores. Allí estaba el águila de lana que me condujo a través del espacio hacia la Tierra antes de que yo naciera; y Perico Sabelotodo, el niño que me enseñó el *Muestrario de padres y madres de la especie humana*; y la jirafa que me hubiese gustado ser antes de decidirme del todo a convertirme en una niña. ¡Qué suerte tuve al no haber escogido ser jirafa! En todo el tiempo que estuvimos reunidos riendo, chillando y divirtiéndonos como locos, la jirafa no sonrió ni siquiera una vez...

Allí estaban también las sirenas-niñas Perla, Espuma, Nácar, Caracola, Estrella de Mar, Ondina y Arena de Playa, que ni siquiera se enfadaron cuando di un gran abrazo a Pascual el marinero, que tenían secuestrado.

Éste llevaba en la mano derecha el hilo de pescar con el que había atrapado un cuervo marino, el cual aleteaba por el aire como si fuese una cometa agitada por el viento. También estaba ahí Walt Disney, que, en otro sueño que tuve, creía que era el que dibujaba los cuentos que escribía mi padre. Y junto a él unos seres rarísimos: Caperucita Roja con los pies de Cenicienta y la cara del Gato con Botas; el Gato con la cara del príncipe que despertó a la Bella Durmiente y los pies del lobo que se comió a la abuelita. Blancanieves disfrazada del cazador que dio muerte al lobo. El lobo con el traje de la madrastra de Blancanieves empeñado en que un espejo le dijese que era la mujer más bonita del reino. Rompí a reír al verlos; y Tosca, mi perrita literata, comenzó a dar saltos para presumir de que ella era la autora de aquel desaguisado. Eran miles de gentes las que ahí estaban reunidas en la gran explanada («calvero», como decía papá) que había enfrente de la casa del viejecito que se parecía al abuelo de Heidi. Porque estaban todos, todos los que salieron en mis sueños. Entre otros, la gente que llenaba el circo el día en que volví a juntarme con mi sombra y todos los animales de la Tierra que participaron en la guerra contra los hombres cuando quisieron fabricar para éstos una nueva Arca de Noé. De modo QUE SI DIGO MILES, me quedo corta. Estaba, en fin, Celinda, la bruja guapa amiga de mamá (que no sabía que su amiga era bruja), y todos los individuos que vi dentro de una lágrima, y la otra bruja, la multicolor, la dueña de la pelota saltarina que ayudaba a servir dulces y refrescos a aquella inmensa multitud, que me aclamaba como a una heroína sólo porque ellos eran personajes de sueños y a mí me gustaba soñar. Son gente muy buena, porque era yo la que debía estarles agradecida a ellos y no ellos a mí. ¡Oh, qué buenos ratos me han hecho pasar!

La que me hizo pasar un mal rato aquel día fue Tosca, mi *bulldoga* blanca. Tal vez porque ella pertenece al mundo de lo real y no al de los sueños. Al ver a tantos animales reunidos, y como es muy lista, se alejó prudentemente de los elefantes, los tigres y los leones y se metió en el espacio que ocupaban los ratones. ¡Dios Santo, la que armó! Al verla en tan grave peligro, hice botar ante ella a la pelota saltarina y Tosca (que no puede ver nada por el aire sin quererlo atrapar) dio un fantástico brinco y la agarró entre sus dientes. La pelota botó hasta doce metros de altura y allí se quedó, sin regresar a la tierra, hasta que la fiesta concluyó. La pelota parecía una nave espacial y Tosca un extraño marciano dispuesto a desembarcar en la Tierra.

Me hicieron muchos regalos. Unos paquetes los abrí allí mismo, otros, al despertar de mi séptimo sueño. Entre los primeros había frascos de ILUSIÓN, bombones de AMISTAD, estuches con BUENOS RECUERDOS, y cosas así. Celinda me obligó a devolver un tarro de FANTASÍA porque me dijo —¡fíjate qué injusticia!— que ya tenía demasiada. Entre los paquetes que abrí en casa estaba este estuche con diez sueños que te envío, querida Lupe, como regalo por tu próximo cumpleaños. Yo no lo necesito, porque con zambullirme en el espejo mágico paso directamente del mundo de lo real al mundo de lo ideal... sin necesidad de usar ese tarro que Celinda no me dejó traerme a casa.

Deseando, querida Lupe, que los sueños que te envío te gusten tanto como a mí, te envía muchos besos tu amiga que te quiere:

Mariví la soñadora.

Estoy deseando que los sueñes pronto para que también me los cuentes.

Índice

EL BARCO DE VAPOR

SERIE NARANJA (a partir de 9 años)

EL BARCO DE VAPOR

SERIE ROJA (a partir de 12 años)